年度大戲

第2場

咖勒比海盜

道具組組長，調燈光、撒彩帶都靠他。

生氣王子

整齣話劇的靈魂人物。飾演海盜船長。

其他同學

飾演花草樹木。

其他同學

飾演海盜。

胖先生

慌張先生特別從鱷魚島請來好友協力演出，飾演火山神。

吉普拉

阿古力的鄰居，山雨小學的高年級學生，雙胞胎兄弟吉拉和普拉的哥哥。飾演巫師。

古怪國的居民

客串演出火山島的居民，其實他們演自己就很精采了。

山雨小學3

慌張先生的驚奇劇場

咖勒比海盜與醜小蛙

賴曉妍×賴馬

一年一度的成果表演

古怪國山雨小學的學生們，話劇課排練好久的戲，今天終於要上演了。

跟前幾屆成果發表會不同的是，這一次因為有百香國皇后和奇異國國王的皇家級贊助，規模比從前大多了。

他們還請來「三兄弟營造公司」來幫忙，從戲臺到觀眾席都非常講究。

三兄弟營造公司

三隻小豬蓋房子，是所有人都聽過的故事。所以在童話裡的三國（古怪國、奇異國和百香國）無論是居民或是學校機構，都會請他們來蓋房子。大部分的時候，小豬三兄弟會合力建造。豬小弟和豬二哥蓋房子，豬大哥則負責其他偷懶也沒關係的事。

國王陛下
水管不通也可以找我們！

有點愛生氣，但是很聰明的艾迪王子，是整場話劇幕後的靈魂人物。

我再示範一次。
手要撐住，膝蓋靠著手肘。

他用科學的精神，加上超凡的執行力，規劃出完美的舞臺、完美的佈景和完美的燈光。

過（ㄍㄨㄛˋ）程（ㄔㄥˊ）中（ㄓㄨㄥ）雖（ㄙㄨㄟ）然（ㄖㄢˊ）免（ㄇㄧㄢˇ）不（ㄅㄨˋ）了（ㄌㄧㄠˇ）生（ㄕㄥ）了（ㄌㄜˇ）幾（ㄐㄧˇ）次（ㄘˋ）氣（ㄑㄧˋ），因（ㄧㄣ）為（ㄨㄟˋ）吉（ㄐㄧˊ）普（ㄆㄨˇ）拉（ㄌㄚ）的（ㄉㄜ˙）雙（ㄕㄨㄤ）胞（ㄅㄠ）胎（ㄊㄞ）弟（ㄉㄧˋ）弟（ㄉㄧ˙）吉（ㄐㄧˊ）拉（ㄌㄚ）和（ㄏㄢˋ）普（ㄆㄨˇ）拉（ㄌㄚ）總（ㄗㄨㄥˇ）是（ㄕˋ）記（ㄐㄧˋ）到（ㄉㄠˋ）對（ㄉㄨㄟˋ）方（ㄈㄤ）的（ㄉㄜ˙）臺（ㄊㄞˊ）詞（ㄘˊ）。

呱（ㄍㄨㄚ）呱（ㄍㄨㄚ）咕（ㄍㄨ）咕（ㄍㄨ）呱（ㄍㄨㄚ）咕（ㄍㄨ）咕（ㄍㄨ）！

咕（ㄍㄨ）呱（ㄍㄨㄚ）呱（ㄍㄨㄚ）！咕（ㄍㄨ）咕（ㄍㄨ）呱（ㄍㄨㄚ）呱（ㄍㄨㄚ）！

不（ㄅㄨˋ）是（ㄕˋ）！錯（ㄘㄨㄛˋ）了（ㄌㄜ˙）啦（ㄌㄚ）！

阿（ㄚ）古（ㄍㄨˇ）力（ㄌㄧˋ）好（ㄏㄠˇ）幾（ㄐㄧˇ）次（ㄘˋ）不（ㄅㄨˋ）小（ㄒㄧㄠˇ）心（ㄒㄧㄣ）把（ㄅㄚˇ）佈（ㄅㄨˋ）景（ㄐㄧㄥˇ）燒（ㄕㄠ）掉（ㄉㄧㄠˋ）。

愛（ㄞˋ）咪（ㄇㄧ）才（ㄘㄞˊ）排（ㄆㄞˊ）練（ㄌㄧㄢˋ）一（ㄧ）下（ㄒㄧㄚˋ）子（ㄗ˙）就（ㄐㄧㄡˋ）哭（ㄎㄨ）喊（ㄏㄢˇ）：

本（ㄅㄣˇ）公（ㄍㄨㄥ）主（ㄓㄨˇ）累（ㄌㄟˋ）了（ㄌㄜ˙）！

但（ㄉㄢˋ）是（ㄕˋ），在（ㄗㄞˋ）艾（ㄞˋ）迪（ㄉㄧˊ）精（ㄐㄧㄥ）密（ㄇㄧˋ）的（ㄉㄜ˙）規（ㄍㄨㄟ）劃（ㄏㄨㄚˋ）之（ㄓ）下（ㄒㄧㄚˋ），山（ㄕㄢ）雨（ㄩˇ）小（ㄒㄧㄠˇ）學（ㄒㄩㄝˊ）的（ㄉㄜ˙）年（ㄋㄧㄢˊ）度（ㄉㄨˋ）大（ㄉㄚˋ）戲（ㄒㄧˋ），仍（ㄖㄥˊ）然（ㄖㄢˊ）盛（ㄕㄥˋ）大（ㄉㄚˋ）展（ㄓㄢˇ）開（ㄎㄞ）。

除（ㄔㄨˊ）了（ㄌㄜ˙）一（ㄧ）個（ㄍㄜˋ）誰（ㄕㄟˊ）都（ㄉㄡ）無（ㄨˊ）法（ㄈㄚˇ）控（ㄎㄨㄥˋ）制（ㄓˋ）的（ㄉㄜ˙）狀（ㄓㄨㄤˋ）況（ㄎㄨㄤˋ）……

又又又遲到了！

舞臺上正熱熱鬧鬧的準備著，但是話劇課老師「慌張先生」又遲到了。這是他擔任山雨小學的話劇課老師以來，第 318 次遲到。沒有人知道，慌張先生今天會不會破了他 1 小時又 13 分鐘的遲到紀錄。

第317次遲到的時候，慌張先生慌慌張張的跑進教室。「抱歉抱歉！我來晚了！」雖然這句話，慌張先生已經說得非常熟練了，不過他這次沒這麼說。

翻了兩圈、倒立旋轉，他誇張的跳進教室。

慌張先生解釋，這都是為了示範一種最新、最特別的表演方式。噴火龍阿古力的鄰居吉普拉提醒慌張先生：

慌張先生，
這招您已經教過很多次嘍！

其實，除了假裝教大家演戲，慌張先生的常用遲到招數還有這些：

不停道歉，讓人聽到煩。

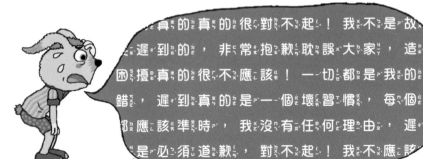

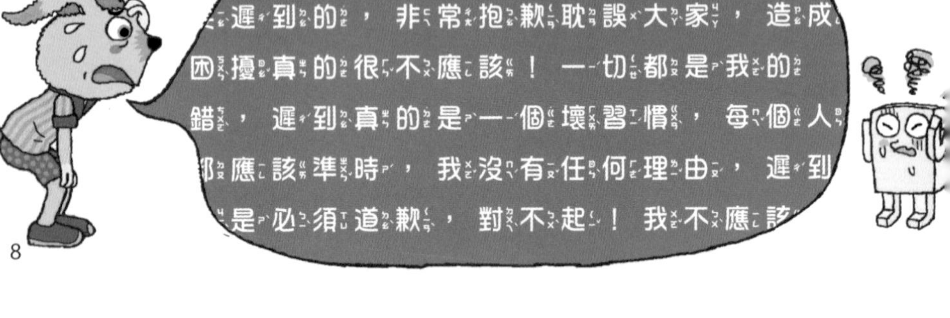
真的真的很對不起！我不是故
遲到的，非常抱歉耽誤大家，造成
困擾真的很不應該！一切都是我的
錯，遲到真的是一個壞習慣，每個人
都應該準時，我沒有任何理由，遲到
是必須道歉，對不起！我不應該

假裝剛才只是去上廁所。

強調遲到也是一種藝術。

慌張麗莎的微笑

做出更誇張的事，讓人忘記遲到的事。

生自己的氣，搭配後悔的眼淚。

如果再不行，大絕招就是講一個有趣的遲到故事，像是半路上被外星人襲擊，所以花了一點時間拯救全世界。

好的！大家是不是很好奇，慌張先生這次又怎麼意外的遲到了呢？

還原現場，事實上是……

今天是話劇課成果發表的重要日子，其實他一大清早就起床了。

意外的是，起床的時候，腳被小被子纏住。

意外的是，刷牙時牙膏快用完了。節儉的慌張先生，花了 15 分鐘，擠出最後的一點點。

意外的是，家裡飛進一隻蒼蠅。他花了一些時間，終於把蒼蠅趕出去。

意外的是，早餐吃太快，肚子突然痛起來，又蹲了一下廁所。

意外的是，晚上下了一場大雨，襪子還沒乾，只好用吹風機慢慢吹乾。

意外的是，穿上襪子後，他到廚房拿水壺的途中踩到一灘水。只好再把襪子吹乾一次。

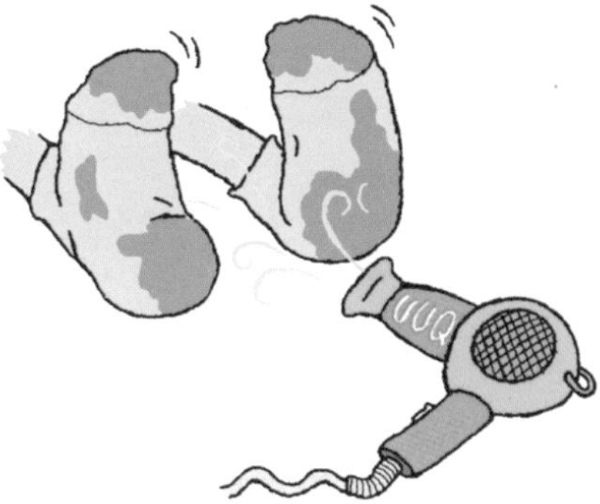

意外的是，出門前找不到大門鑰匙，後來才在外套口袋裡發現。

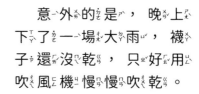

慌張先生走進車庫，推出這次話劇表演最重要的道具。這可是花了好幾個月打造的海盜船。

經過特別設計的海盜船，在平地可以騎，在水上可以漂浮。

意外的是，出發時才一踏，鏈條竟然脫落了。慌張先生只好找出工具箱，修理鏈條。一共花了半小時。

終於出發了！

趕到山谷的路上，遇到蝸牛一家正要過馬路。

有禮貌的慌張先生不但耐心等待，還一一向牠們問好。

在會場外面，慌張先生又花了五分鐘，思考這次遲到的理由。

最後，終於抵達表演會場！

醜小蛙

整座山谷熱鬧滾滾。古怪國的居民和山雨小學的學生家長全都來了，連皇家護衛隊和皇家騎兵隊也收到邀請函。

誠意十足的邀請卡，是由班上最會寫卡片的「卡片長」小珍珠一張一張手寫的。

敬愛的貴賓：
誠摯的邀請您來參加山雨小學話劇課的年度公演！
全體師生敬邀

愛咪公主的媽媽，也就是百香國皇后，為了這次的活動盛裝打扮，那種認真裝扮的習慣，可能是一種遺傳。

艾迪王子全家：國王、皇后和小公主妹妹都來了。

出門前，國王還因為領結打歪了，發了一頓脾氣。那種容易生氣的個性，可能也是一種遺傳。但是沒有人會承認這種事就是了。

因為這次的經費超級充足，學校甚至還做了扇子免費贈送給來賓。

扇子上面有些印的是話劇介紹。

有些印的是健康課老師大熊先生的健康新知識。

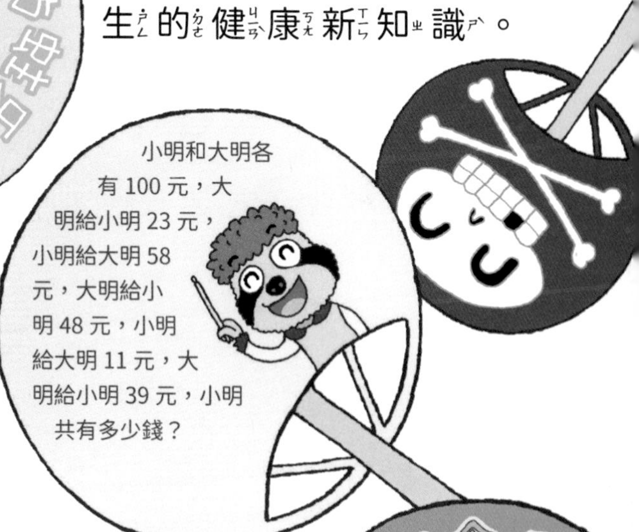
小明和大明各有100元，大明給小明23元，小明給大明58元，大明給小明48元，小明給大明11元，大明給小明39元，小明共有多少錢？

有些印的是數學老師樹懶小姐出的測驗題。

但是大家最想拿到的還是古怪國笑話大全。

同學們各自拿著各種美食，開始用古怪語笑話互相問候。

鬍呼呼鼻吸吸波比姆哈哈

翻譯：你知道幾點不能講笑話嗎？

嘎拉，滋嘎

滴肚肚哈姆！

翻譯：一點，因為「一點」也不好笑！

特別調配的跳跳糖冰沙也大受歡迎，山雨溪蝦米花、蟲卵珍珠奶茶和山雨烤肉丸都是看戲良伴。

自然課新老師怪博士，找來許多古怪國特有的「模仿植物」，像是……

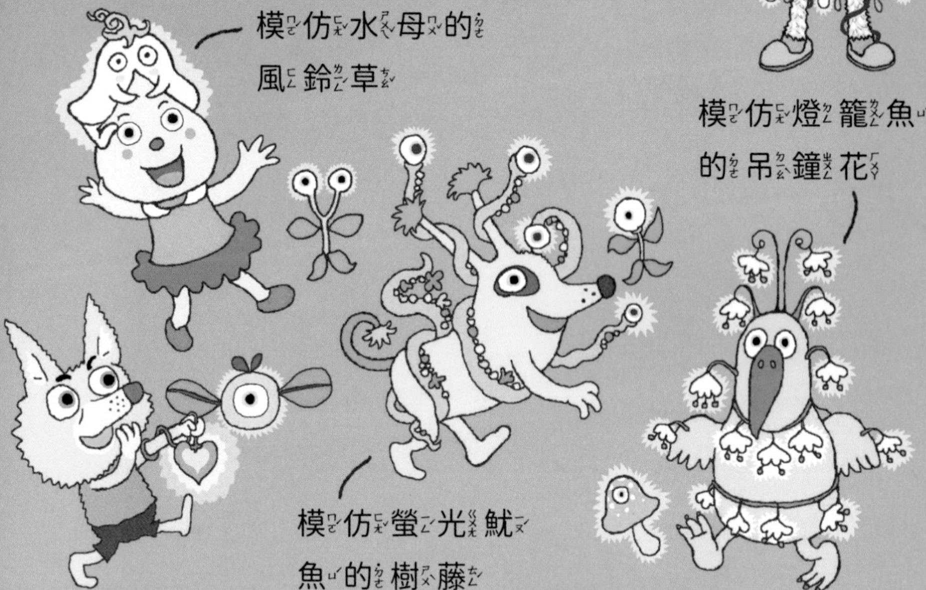

大家戴著發光的植物，整座山谷充滿了節慶的氣氛。

表演開始了，旁白是拿著麥克風的小珍珠，她口齒清晰的娓娓說道：

森林的池塘裡，有六顆青蛙蛋。有一天，一陣風吹來，又滾來一顆蛋。

第七顆蛋，和那些蛋一起出生了！他們一起長成小蝌蚪，快樂的游泳——

裝扮成太陽、雲、樹和花朵的學生，隨著音樂搖擺，長頸鹿朱瑞福從高處撒下繽紛的彩色碎紙片。

戲臺下，家長們的臉上，盡是驕傲的神情。

左邊數過來第三隻和第四隻蝌蚪是我們家孩子！
那棵樹是我兒子！
那朵雲演得最好，是我女兒喔！

七顆蛋裡生出七隻小蝌蚪，但是第七顆蛋孵化成的蝌蚪，特別大、也特別醜。

他不像其他的蝌蚪那樣，
有著黑黑亮亮的皮膚，
而是灰撲撲的顏色，
這讓他有一點點自卑。

日子一天一天的過去，
小蝌蚪長出了後腿，
他們一起唱歌。

蝌蚪，蝌蚪，水中游。
游來游去，樂悠悠～

日子一天一天的過去，
小蝌蚪又長出了前腳。

蝌蚪蚪，蝌蝌蚪，

水水水

水中游。

游來游去，

樂悠悠悠悠悠悠悠～

最後，小蝌蚪的尾巴不見了，他們變成了小青蛙。

艾迪小知識

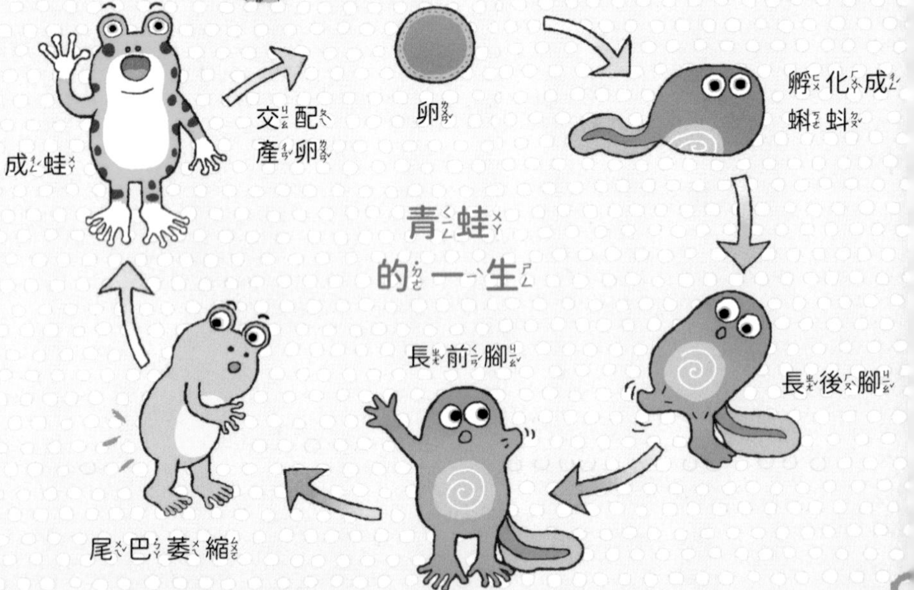

小青蛙們練習跳。

「醜小蛙」卻怎麼都跳不遠。

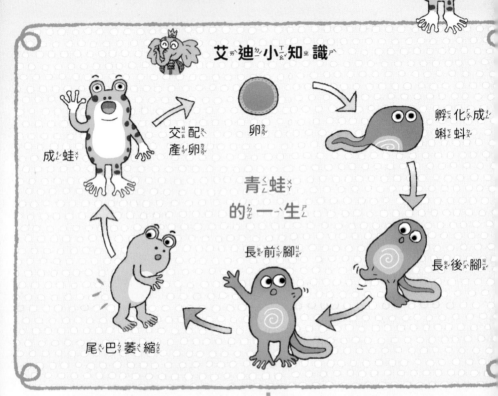

小青蛙們練習游泳。

醜小蛙怎麼努力划水，就是一直往下沉。

小青蛙們練習伸長舌頭捕捉昆蟲。醜小蛙每次都噴出火，把昆蟲燒焦了。

原來醜小蛙是由噴火龍阿古力所飾演。

客串昆蟲的蚊子波泰，是一隻會傳染噴火病的蚊子，專吸愛生氣的人的血。

醜小蛙想跟其他小青蛙一樣厲害，卻都失敗了，他好傷心。

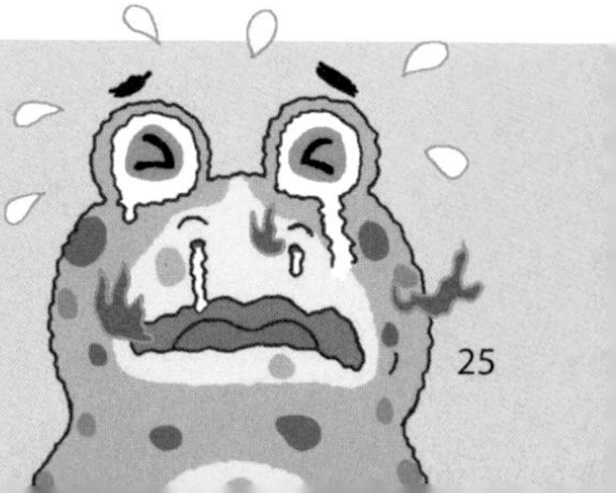

有一天，池塘飛來一隻美麗的蝴蝶。她在花叢間翩翩飛舞，飛著飛著，飛到池塘附近。

蝴蝶由愛咪公主飾演。她的戲服，是整場戲最精緻、最華麗的部分。這種頂級工藝，當然只有百香國皇家紡織工坊能做得出來。

手藝高超的裁縫師，用花仙子高級織品工坊的限量布料，為愛咪量身訂做這套獨一無二的蝴蝶戲服。

蒐集自一千隻蝴蝶翅膀上的粉末所織成的布料，就像一幅絢麗的粉彩畫。柔軟滑順的布料，能有效減少空氣的阻力，讓公主在舞臺上盡情華麗飛舞、華麗跳躍、華麗轉圈。

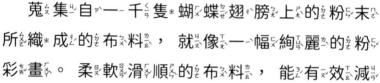

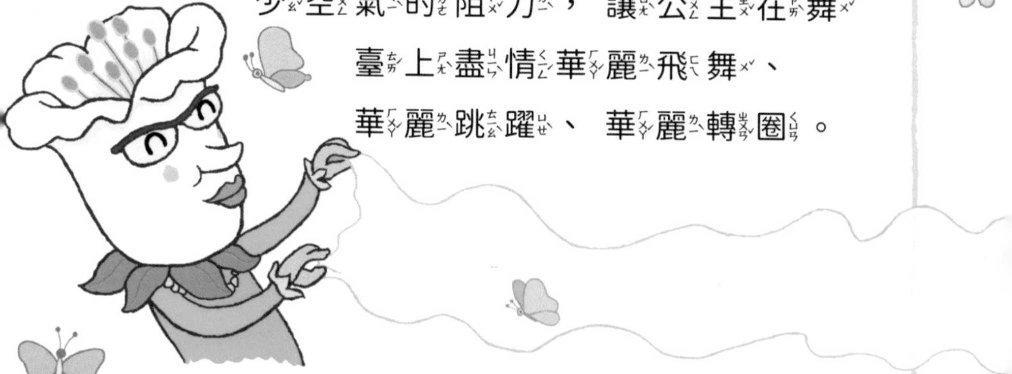

超薄透網紗做成的翅膀，閃耀著五彩繽紛的螢光，更是服裝設計界的創舉。頭上戴的觸角，尖端閃耀著切割完美的寶石，連坐在最後一排的觀眾也快被閃得睜不開眼。

雖然，這一場戲，蝴蝶很快就會被努力學習捕捉昆蟲的小青蛙成功吃掉。但是，一出場就要讓所有人眼睛一亮，是愛咪身為公主不變的堅持。

看似平靜的池塘，其實危機四伏。因為，美麗的蝴蝶，也是青蛙們眼中的美食。

剛好沒吃午餐的小青蛙們，紛紛伸長舌頭，忙著捕捉蝴蝶。

沒想到，愛咪公主才華麗登場，
一看見臺下黑壓壓的好多觀眾，
突然緊張得哭了出來！

她掛著哭，

晃著哭……

飛來飛去一直哭。

臺下觀眾還以為是她精湛的演技，讚嘆不已。

遠ㄩㄢˇ遠ㄩㄢˇ的ㄉㄜ，阿ㄚ古ㄍㄨˇ力ㄌㄧˋ發ㄈㄚ現ㄒㄧㄢˋ他ㄊㄚ的ㄉㄜ好ㄏㄠˇ朋ㄆㄥˊ友ㄧㄡˇ愛ㄞˋ咪ㄇㄧ有ㄧㄡˇ點ㄉㄧㄢˇ不ㄅㄨˋ對ㄉㄨㄟˋ勁ㄐㄧㄥˋ。

咦ㄧˊ？ 劇ㄐㄩˋ本ㄅㄣˇ裡ㄌㄧˇ沒ㄇㄟˊ有ㄧㄡˇ這ㄓㄜˋ一ㄧˋ段ㄉㄨㄢˋ呀ㄧㄚ！

愛ㄞˋ咪ㄇㄧ怎ㄗㄣˇ麼ㄇㄜ了ㄌㄜ？ 不ㄅㄨˋ舒ㄕㄨ服ㄈㄨˊ嗎ㄇㄚˊ？

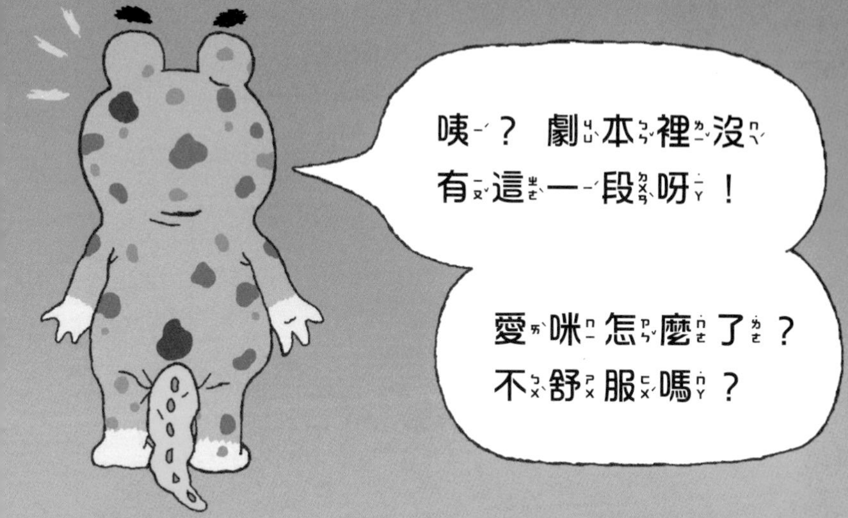

阿ㄚ古ㄍㄨˇ力ㄌㄧˋ好ㄏㄠˇ擔ㄉㄢ心ㄒㄧㄣ， 情ㄑㄧㄥˊ急ㄐㄧˊ
之ㄓ下ㄒㄧㄚˋ， 他ㄊㄚ竟ㄐㄧㄥˋ然ㄖㄢˊ展ㄓㄢˇ開ㄎㄞ翅ㄔˋ膀ㄅㄤˇ，
飛ㄈㄟ了ㄌㄜ˙起ㄑㄧˇ來ㄌㄞˊ！

醜ㄔㄡˇ小ㄒㄧㄠˇ蛙ㄨㄚ用ㄩㄥˋ力ㄌㄧˋ拍ㄆㄞ動ㄉㄨㄥˋ翅ㄔˋ膀ㄅㄤˇ， 在ㄗㄞˋ戲ㄒㄧˋ臺ㄊㄞˊ
上ㄕㄤˋ帥ㄕㄨㄞˋ氣ㄑㄧˋ的ㄉㄜ˙滑ㄏㄨㄚˊ翔ㄒㄧㄤˊ， 救ㄐㄧㄡˋ走ㄗㄡˇ哭ㄎㄨ泣ㄑㄧˋ的ㄉㄜ˙蝴ㄏㄨˊ蝶ㄉㄧㄝˊ
後ㄏㄡˋ， 安ㄢ全ㄑㄩㄢˊ降ㄐㄧㄤˋ落ㄌㄨㄛˋ在ㄗㄞˋ地ㄉㄧˋ面ㄇㄧㄢˋ上ㄕㄤˋ。

小ㄒㄠˇ珍ㄓㄣ珠ㄓㄨ看ㄎㄢˋ著ㄓㄜ˙舞ㄨˇ臺ㄊㄞˊ上ㄕㄤˋ， 脫ㄊㄨㄛ稿ㄍㄠˇ演ㄧㄢˇ出ㄔㄨ的ㄉㄜ˙阿ㄚ古ㄍㄨˇ力ㄌㄧˋ， 只ㄓˇ好ㄏㄠˇ即ㄐㄧˊ興ㄒㄧㄥˋ發ㄈㄚ揮ㄏㄨㄟ：

善ㄕㄢˋ良ㄌㄧㄤˊ的ㄉㄜ˙醜ㄔㄡˇ小ㄒㄠˇ蛙ㄨㄚ覺ㄐㄩㄝˊ得ㄉㄜ˙蝴ㄏㄨˊ蝶ㄉㄧㄝˊ太ㄊㄞˋ可ㄎㄜˇ憐ㄌㄧㄢˊ了ㄌㄜ˙， 他ㄊㄚ忘ㄨㄤˋ記ㄐㄧˋ自ㄗˋ己ㄐㄧˇ也ㄧㄝˇ是ㄕˋ愛ㄞˋ吃ㄔ昆ㄎㄨㄣ蟲ㄔㄨㄥˊ的ㄉㄜ˙青ㄑㄧㄥ蛙ㄨㄚ， 突ㄊㄨˊ然ㄖㄢˊ發ㄈㄚ揮ㄏㄨㄟ不ㄅㄨˋ可ㄎㄜˇ思ㄙ議ㄧˋ的ㄉㄜ˙潛ㄑㄧㄢˊ能ㄋㄥˊ， 飛ㄈㄟ起ㄑㄧˇ來ㄌㄞˊ了ㄌㄜ˙！

第一次看見阿古力飛起來的愛咪，驚訝得忘了哭泣。

「阿同學，你會飛？」愛咪瞪大眼睛問。

「會啊！龍都會飛啊！」

阿古力聳聳肩，把翅膀整整齊齊的收摺起來，一臉不需要大驚小怪的表情。

只是我平常比較習慣走路。

這場臨時改編的戲，意外的大受好評，獲得全場熱烈的掌聲。沒有人看過這麼精采的演出，尤其是英勇巨龍營救蝴蝶公主的那一段。

咖勒比海盜

雖然現場歡聲雷動，但是等待第二場戲上演的空檔，後臺所有的人都急壞了。

完蛋了！完蛋了！
我邀請全村的人來看戲，這下子糗大了啦！
我要暈倒了～
呼
呼
呼
我覺得有點呼吸困難！

這些混亂，都是因為慌張先生又遲到了。他沒來得及在開演之前把道具送達，而這場戲最重要的道具，就是他得在演出當天負責運來的「海盜船」。

遲遲等不到道具的生氣王子大發脾氣，他氣得手叉腰、氣得瞪著眼、氣得脹紅臉、氣得鼻子都打結了。

但是，艾迪雖然愛生氣，卻也明白生氣不能解決問題。

不愧是奇異國的皇室接班人啊！發完脾氣後，他急中生智，借來攤販的餐車當成海盜船，又拿了幾把扇子當成船槳，讓大家能勉強上陣。

同學們！
發揮實力的
時候到了！
CALIBBEAN
咖勒比號

海峽有一群海盜，他們專門搶來往商船的糖果。

無論是泡泡糖、跳跳糖或嗶嗶糖，任何糖果都不會放過，大家都叫他們「咖勒比海盜」。

糟糕！糟糕！我們是可怕的海盜，遇到最好趕快逃！

海盜乘著餐車海盜船，搖著扇子船槳、唱著海盜之歌出場。這齣戲畢竟已經排練一整個學期，每個人都能發揮百分之百的演技。

嘿唷！嘿唷！
糖果零食不嫌多，
快交出來別囉唆！

這場戲的服裝一樣非常講究，只是因為古怪國的居民都長得太有特色，所以有幾個需要特別注意的地方：

像是頭上長角的只能纏頭巾，不能戴帽子。

獨眼的不能戴眼罩。

有尖嘴的可以扮演鸚鵡。

本來就是鸚鵡。

麻煩的是，戴起來很酷的鉤子手和獨腳木腿，是道具類大熱門，大家都搶著要。

最後，由艾迪王子來扮演！

你知道他抽到幾號嗎？

一天，一場海上的暴風雨，把載滿糖果零食等戰利品的海盜船，帶到一座不知名的小島。

後臺道具組的同學，打開巨無霸風扇，站在餐車上的海盜們被吹得東倒西歪。

最後，海盜船擱淺在小島的海灘上，船也壞了。

就在這個時候，善良的小島居民忽然出現，他們合力幫忙把海盜船修好。

沒錯！這是一個用愛心感化兇狠海盜的故事。

海盜船修好了，小島居民和海盜們成為好朋友。一起慶祝的時候，居民們才說道，他們其實遇到百年一見的大難題：小島幾個月來都沒下雨，植物和農作物都快要枯萎了。

由吉普拉飾演的巫師，每年的第一天，都會拿起高倍率望遠鏡，觀察火山煙灰的形狀。

接著判斷火山神這一年想要什麼祭品。然後把當年的指定祭品，投入火山口。只要火山神滿意，就會降下雨來。

火山口去年噴出的是香菇煙。

前年噴出的是茶壺煙。

大前年噴出掃把煙。

還記得有一年是串燒煙，那年大家圍在火山口，歡樂的烤著香噴噴的串燒。

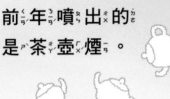

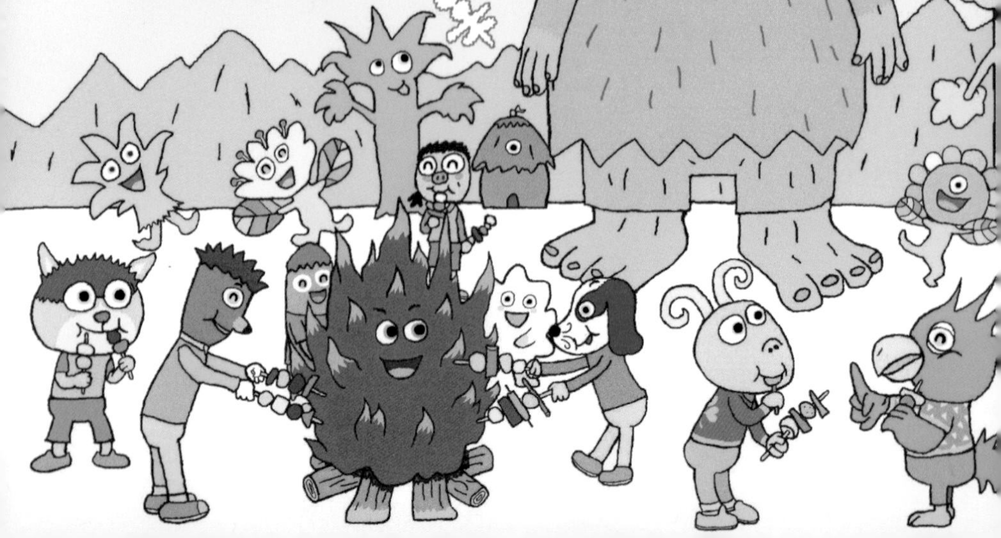

可惜好景不常，今年噴出的煙形狀很奇怪，小島居民都不知道那是什麼。

中間是一個圓，兩邊各有一個三角形。
這是什麼呀？
是熱帶魚嗎？
還是胖蝴蝶？

是糖果！
糖果我們最多了呀！

海盜們當然一眼就看出來了，他們心想：報答小島居民的時候到了！

原來，因為小島居民的祖先，認為吃甜食會影響身心健康，所以立下了規矩，小島上不能有糖果，連舔一口都不行。

久而久之，小島上沒有人知道那是什麼東西。

他們回到船上，把搶來的糖果和零食，一箱接著一箱，全都搬到火山口，然後豪爽的倒了進去。

「吃」下一大堆糖果的火山，大力的震動，滿足的發出打嗝的聲響，吐出一朵又一朵烏雲。

小島居民賣力的跳起祈雨舞，牽手搭肩甩頭髮、搖頭晃腦扭屁股，他們大聲呼喊：

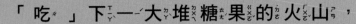

長頸鹿朱瑞福撒下代表雨水的絲帶，艾迪播放充滿希望的輕快音樂，一切都按照排練順利的進行。

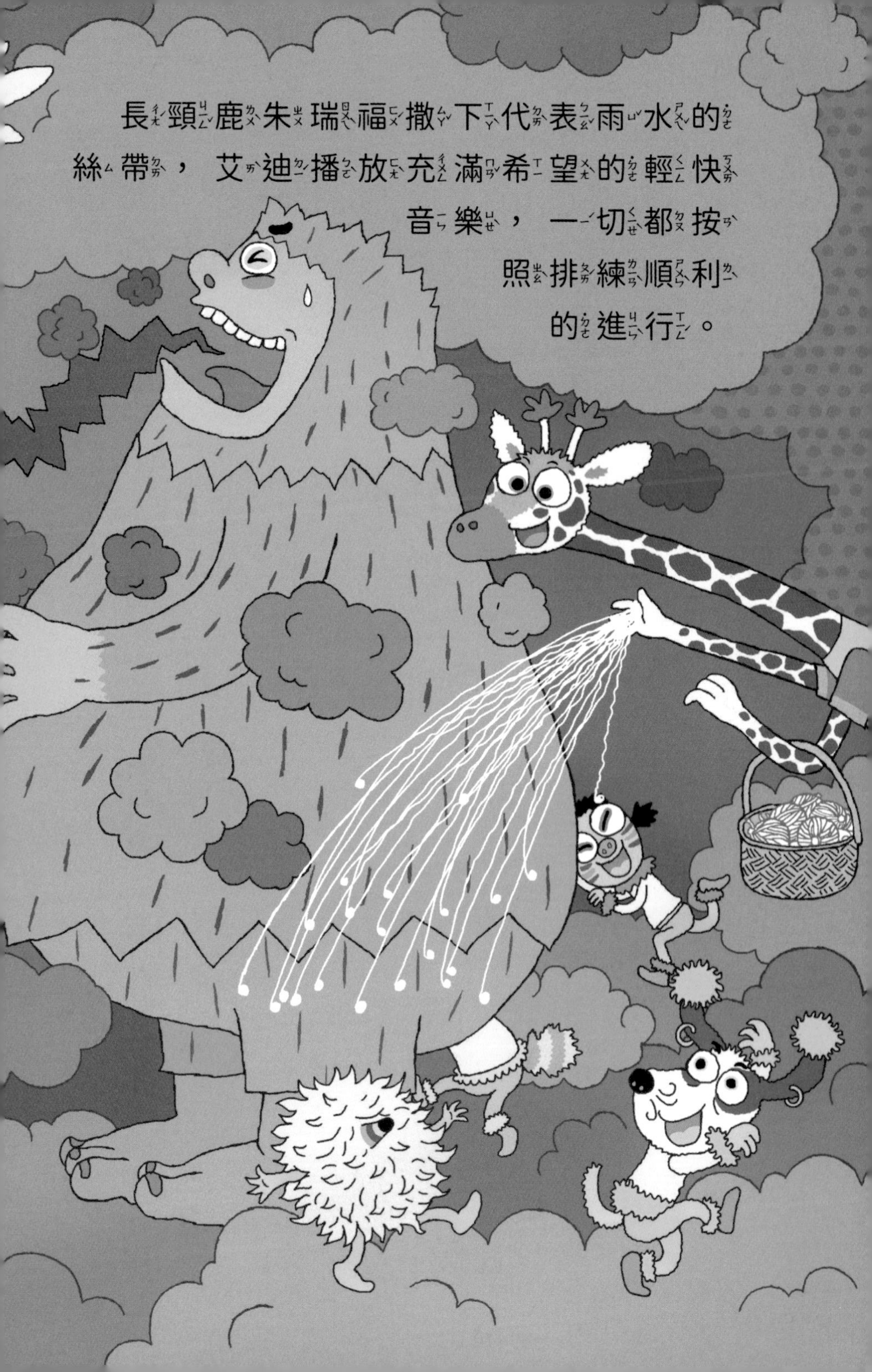

沒ㄇㄟˊ想ㄒㄧㄤˇ到ㄉㄠˋ場ㄔㄤˇ外ㄨㄞˋ閃ㄕㄢˇ
電ㄉㄧㄢˋ突ㄊㄨˊ然ㄖㄢˊ劃ㄏㄨㄚˋ過ㄍㄨㄛˋ夜ㄧㄝˋ空ㄎㄨㄥ，
接ㄐㄧㄝ著ㄓㄜˊ雷ㄌㄟˊ聲ㄕㄥ大ㄉㄚˋ作ㄗㄨㄛˋ。

轟ㄏㄨㄥ隆ㄌㄨㄥˊ轟ㄏㄨㄥ隆ㄌㄨㄥˊ轟ㄏㄨㄥ隆ㄌㄨㄥˊ，山ㄕㄢ
邊ㄅㄧㄢ的ㄉㄜ˙烏ㄨ雲ㄩㄣˊ開ㄎㄞ始ㄕˇ聚ㄐㄩˋ集ㄐㄧˊ，
下ㄒㄧㄚˋ起ㄑㄧˇ山ㄕㄢ雨ㄩˇ。而ㄦˊ且ㄑㄧㄝˇ是ㄕˋ
真ㄓㄣ的ㄉㄜ˙雨ㄩˇ、不ㄅㄨˋ是ㄕˋ演ㄧㄢˇ戲ㄒㄧˋ！

哇ㄨㄚ！祈ㄑㄧˊ雨ㄩˇ舞ㄨˇ
真ㄓㄣ的ㄉㄜ˙成ㄔㄥˊ功ㄍㄨㄥ了ㄌㄜ˙！

轟ㄏㄨㄥ轟ㄏㄨㄥ隆ㄌㄨㄥˊ！

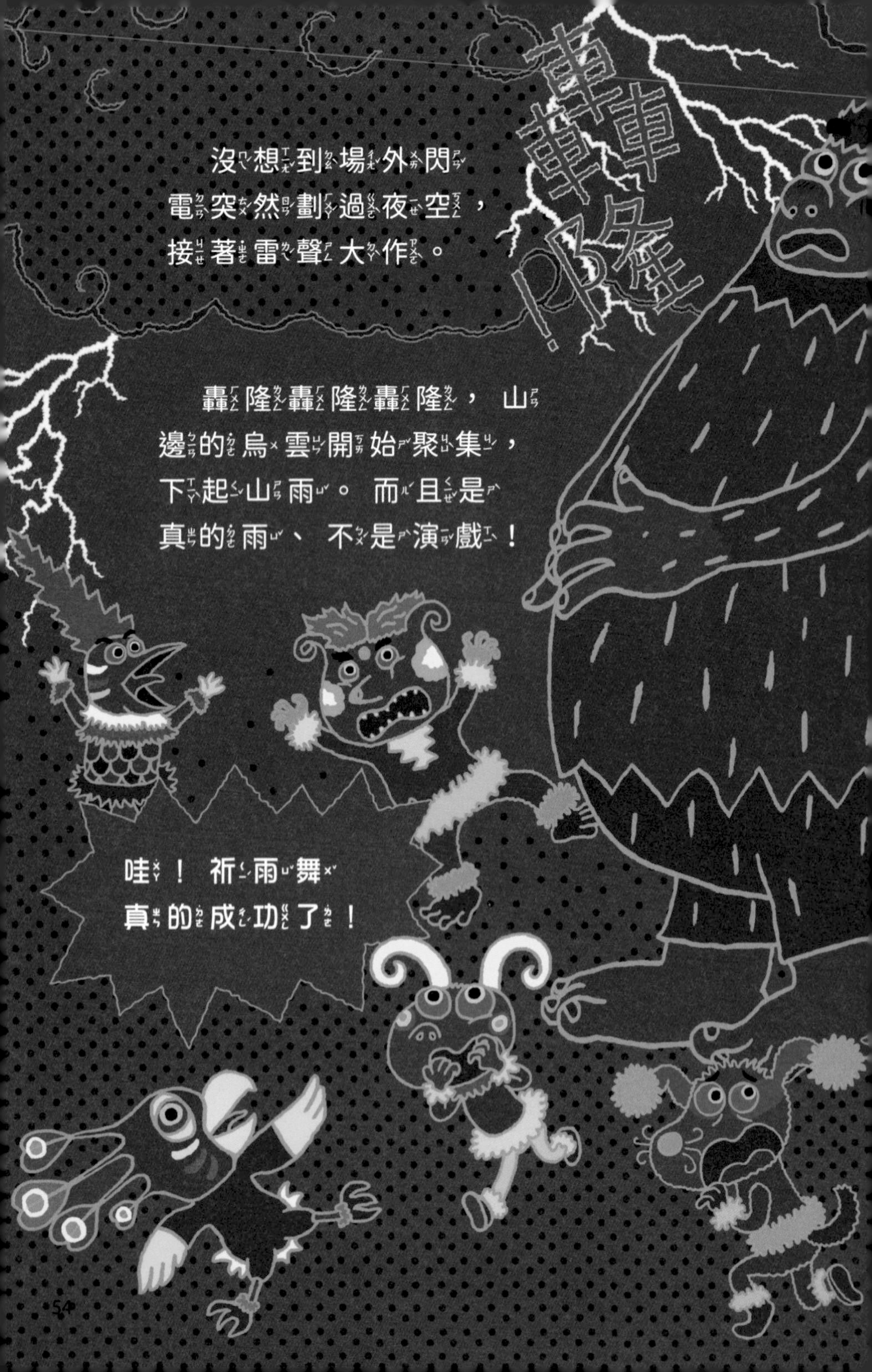

雖然又是一次意外的精采演出，但是所有的人都知道，真正的山雨，千萬不能小看！

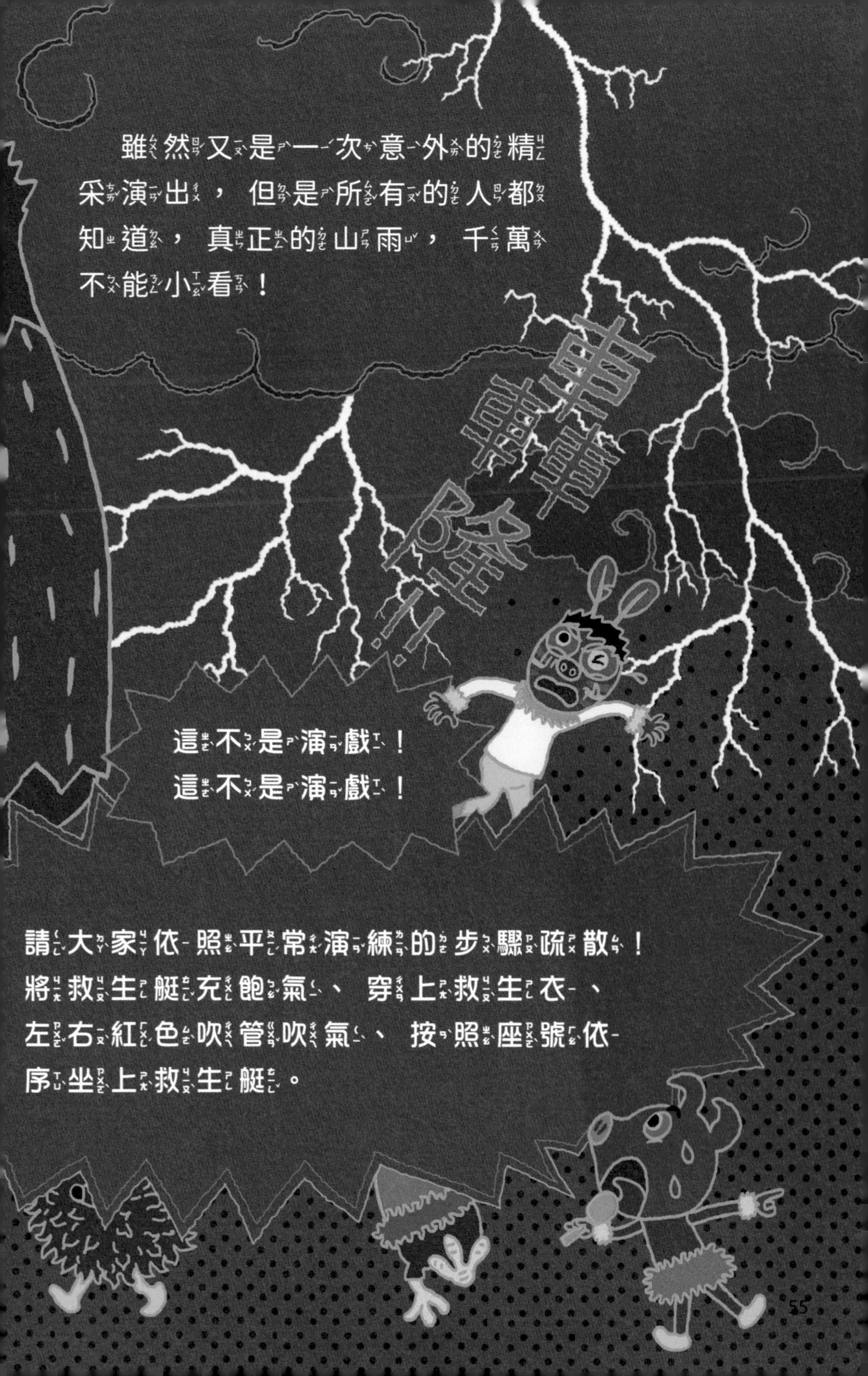
轟轟隆!!
這不是演戲！
這不是演戲！
請大家依照平常演練的步驟疏散！
將救生艇充飽氣、穿上救生衣、
左右紅色吹管吹氣、按照座號依
序坐上救生艇。

最受歡迎的遲到

小珍珠努力的引導大家，可是…… 救生艇都放在教室，不在山谷裡啊！

樹屋貴賓席的國王和皇后趕緊下令救援。

但是皇家護衛隊的滑翔傘和皇家騎兵隊的馬匹都停在山谷外面的停車場。

健康課老師大熊先生依然活力十足，他大聲的提醒大家：

同學們跑起來！不是只有失戀才能在雨中跑步！
平時多訓練體能，以備不時之需！

新T來ㄌ的ㄉ自ㄗ然ㄖ課ㄎ老ㄌ師ㄕ怪ㄍ博ㄅ士ㄕ則ㄗ忙ㄇ
著ㄓ測ㄘ降ㄐ雨ㄩ量ㄌ， 他ㄊ精ㄐ準ㄓ預ㄩ估ㄍ：
10 分ㄈ 29 秒ㄇ後ㄏ，
雨ㄩ水ㄕ將ㄐ超ㄔ過ㄍ一
年ㄋ級ㄐ學ㄒ生ㄕ的ㄉ平ㄆ
均ㄐ身ㄕ高ㄍ！

70公分

數ㄕ學ㄒ老ㄌ師ㄕ樹ㄕ懶ㄌ
小ㄒ姐ㄐ著ㄓ急ㄐ的ㄉ大ㄉ喊ㄏ：

大ㄉ……家ㄐ……趕ㄍ……快ㄎㄞ……
往ㄨ……高ㄍ……處ㄔ……跑ㄆㄠ……啊ㄚ！

山雨來得又急又猛，才一下子，雨水就在地上匯集成好幾道小溪流。

然而，就在這驚險的時刻，愛咪居然沒有忘記她除了哭以外的另一項專業：直播。

緊急狀況，
現場直播！
自動空拍機
大家好！
我是人見人愛的
愛咪公主……

原來，愛咪還有一個身份……她是一位成功的主播。

她拍攝的影片大多是公主日常卻又不那麼日常的生活。

因為內容精采、製作用心，深受童話世界孩子們的喜愛。

這時，愛哭公主已經分不清自己的臉上究竟是淚水還是雨水，她敬業的拿起隨身攜帶的攝影器材，忠實記錄這百年難得一見的狀況。

愛咪找到捲著鼻子，而且脹紅臉的生氣王子：

現在為大家訪問到的是我們尊貴的好朋友，奇異國的王子……

「艾迪，你是因爲捲著鼻子跑步所以臉紅紅的嗎？」

生氣王子用力搖頭，激動的大喊：

我這麼聰明，竟然
沒有事先想到避難
方案！我不能接受！

大聲說完，艾迪的鼻子捲得更緊了。

接著還捕捉到阿古力噴出的火、下一秒就被大雨澆熄的珍貴畫面。

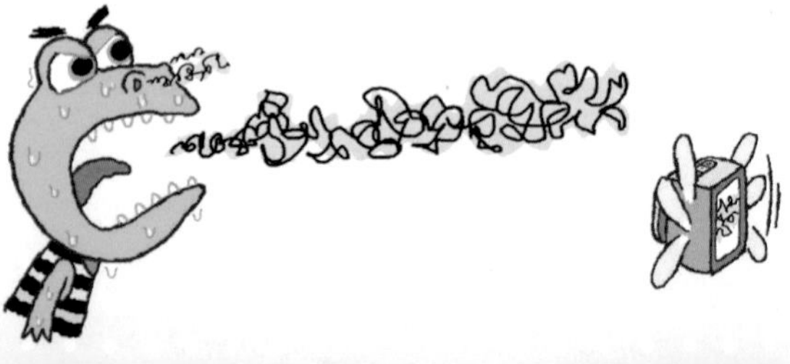

再拍下眾人逃到戲臺上的實況。最後一幕是，山谷中的戲臺，就像一座孤島。

想必會是一部爆紅的影片吧！

愛咪心滿意足的收起攝影機。

雖然大部分生活在古怪國的人，對山雨來襲早就已經見怪不怪，但是沒有人預料到竟然會在演出的時候發生。

朱瑞福提議：「山雨小學的大家都學過游泳吧？不然，我們游出去！」他是從百香國轉學到山雨小學訓練的金牌游泳選手，說著說著，就要往水裡跳。

「不行！」

游泳課老師巧克力教練攔住他，提醒說：「水流很急，游出山谷太危險了。」

這時，大家不約而同的想到剛才在前一場戲裡飛起來的醜小蛙，紛紛拜託阿古力去找救兵來幫忙。

啊！好麻煩喔！
剛剛才好不容易摺好的……

阿古力一邊抱怨一邊慢慢展開翅膀，再度起飛。

其ㄑ實ㄕ，他ㄊㄚ只ㄓ拍ㄆㄞ了ㄌㄜ三ㄙㄢ下ㄒㄧㄚ翅ㄔ膀ㄅㄤ，就ㄐㄧㄡ看ㄎㄢ見ㄐㄧㄢ正ㄓㄥ在ㄗㄞ想ㄒㄧㄤ遲ㄔ到ㄉㄠ理ㄌㄧ由ㄧㄡ的ㄉㄜ慌ㄏㄨㄤ張ㄓㄤ先ㄒㄧㄢ生ㄕㄥ。阿ㄚ古ㄍㄨ力ㄌㄧ朝ㄔㄠ著ㄓㄜ他ㄊㄚ大ㄉㄚ喊ㄏㄢ：

慌ㄏㄨㄤ張ㄓㄤ先ㄒㄧㄢ生ㄕㄥ！您ㄋㄧㄣ來ㄌㄞ得ㄉㄜ剛ㄍㄤ好ㄏㄠ，我ㄨㄛ們ㄇㄣ正ㄓㄥ需ㄒㄩ要ㄧㄠ這ㄓㄜ艘ㄙㄡ船ㄔㄨㄢ！

什ㄕㄣ麼ㄇㄜ！已ㄧ經ㄐㄧㄥ演ㄧㄢ到ㄉㄠ海ㄏㄞ盜ㄉㄠ的ㄉㄜ部ㄅㄨ分ㄈㄣ了ㄌㄜ嗎ㄇㄚ？

於ㄩ是ㄕ，他ㄊㄚ用ㄩㄥ最ㄗㄨㄟ快ㄎㄨㄞ的ㄉㄜ速ㄙㄨ度ㄉㄨ，乘ㄔㄥ著ㄓㄜ海ㄏㄞ盜ㄉㄠ船ㄔㄨㄢ趕ㄍㄢ往ㄨㄤ話ㄏㄨㄚ劇ㄐㄩ表ㄅㄧㄠ演ㄧㄢ的ㄉㄜ現ㄒㄧㄢ場ㄔㄤ。

遠遠的，慌張先生看著水中的舞臺，還以為是特製的布景。

「哇！這次的場景做得好逼真啊！」

他心想：「送道具過來而已，不用這麼熱情吧？」

等他更接近舞臺，才明白那些揮手和呼喊，其實是在呼救。

終於知道發生什麼事的慌張先生，用遲來的海盜船道具，一趟接著一趟，把困在戲臺島上的大家，送往安全的地方。

洞穴食堂的下半場戲

按照慣例，只要下起山雨，全校成員就會先去避難順便吃飯的洞穴食堂。

這是第一次，慌張先生遲到卻受到大家歡迎，還意外救了所有的人。

洞穴食堂從來不曾一下子湧入這麼多用餐的客人。

臨時接到兩百八十四份餐點訂單的主廚羅送湯非常興奮，因為他最喜歡食堂裡擠滿人了。

「食堂當然是越多客人越好啊！」他吆喝著：

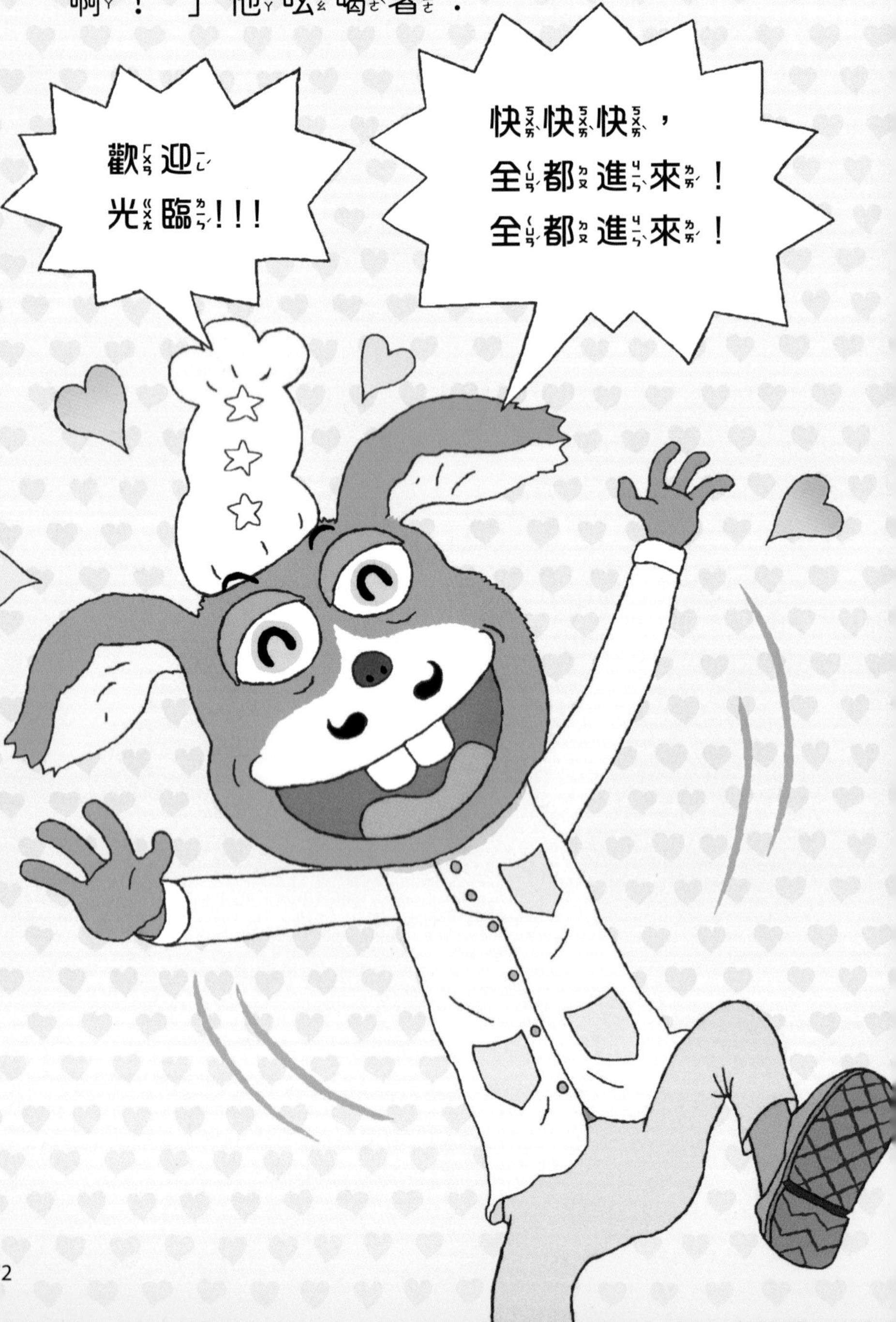
歡迎光臨!!!
快快快，全都進來！全都進來！

羅送湯主廚拿出最大的鍋子、最長的湯勺，還向園丁借來鏟子炒菜。

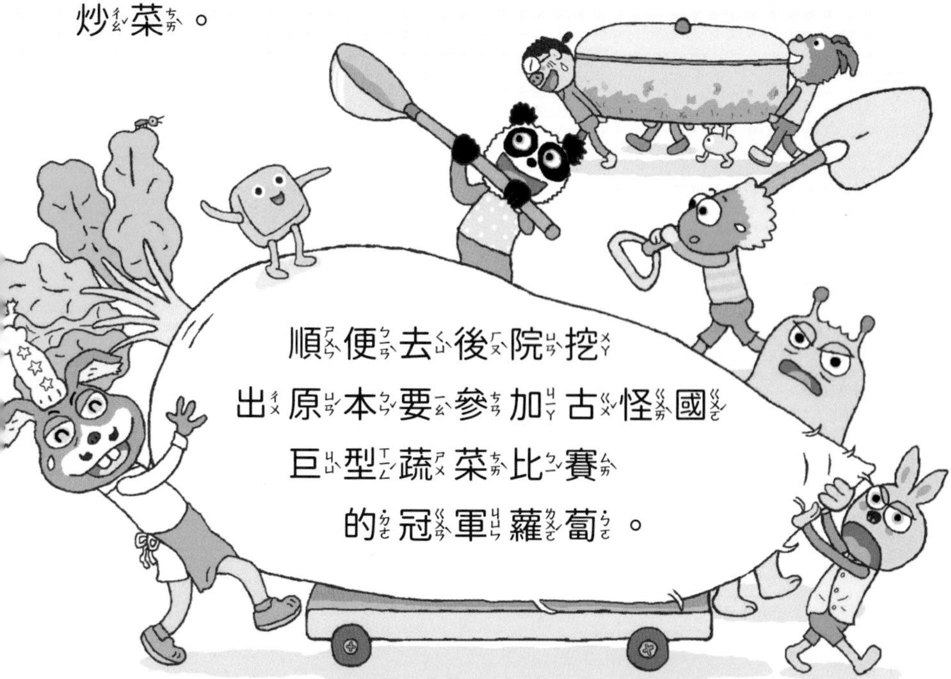

順便去後院挖出原本要參加古怪國巨型蔬菜比賽的冠軍蘿蔔。

主廚熟練的洗菜切菜煮菜，百香國的皇家廚師老瓜先生和豬奶奶也一起在廚房忙進忙出。

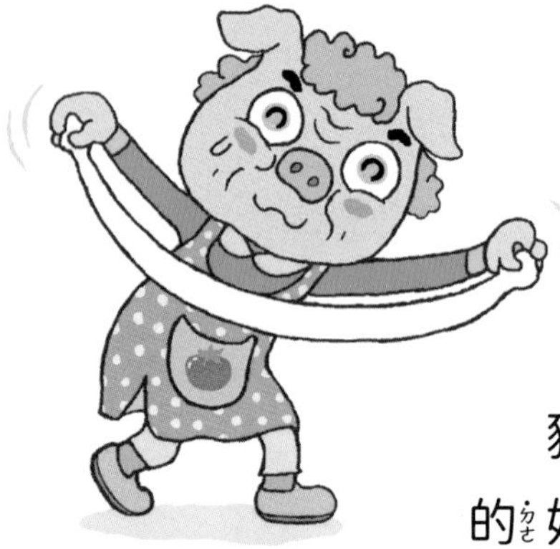

豬奶奶是小珍珠的奶奶，她非常會做菜，無論是節慶聚餐或是豬家所有人的生日宴會，都是由她掌廚，可以說是民間料理高手。

不愧是三星主廚呀！羅宋湯還推出「公演期間限定飛龍兒童套餐」（名字很長！）：火山豆泥烤餅、香酥蜥柳條、鍋煮青蛙蛋奶茶、特製火山煙造型棉花糖——全都是古怪國小朋友的最愛。他甚至還抽空烤了一個「海盜船蛋糕」。

公演期間限定飛龍兒童套餐
特製火山煙造型棉花糖
鍋煮青蛙蛋奶茶
香酥蜥柳條
火山豆泥烤餅
海盜船蛋糕

洞穴食堂裡，大家吃飽喝足了，最有責任感的艾迪提議：「我們把『咖勒比海盜』演完好嗎？」

大家鼓掌歡呼通過。

表演又開始了，旁白是拿著廚房上菜廣播器的小珍珠，她口齒清晰的娓娓說道：

萬物復甦，植物和農作物都活了過來。
雨後的小島，一片欣欣向榮。

朱瑞福再次撒下碎紙片，充滿希望的音樂再度響起。

花草、樹木和穀物，紛紛張開手、仰起頭、快樂的伸展。

揚起船帆，真正的海盜船上場了。海盜們乘著海盜船，搖著船槳、唱起新版海盜之歌：

糟糕！糟糕！
我們是可怕的海盜
遇到最好趕快逃
咖勒比號
CALIBBEAN

雖然糖果都貢獻給火山神了，但小島居民拿出島上的特產當做伴手禮。堆滿甲板的，不再是糖果零食，而是滿滿的健康食材。

嘿唷！嘿唷！

蔬菜水果好健康，

大D大D吃光光！

最後，海盜們載著小島居民的友情與祝福，踏上歸途！

「這就是山雨小學第七百屆話劇公演，感謝大家蒞臨觀賞！」

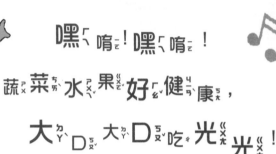

愛哭公主的專訪直播

慌張先生，您好！
我是全童話世界最受小朋友歡迎的愛咪主播，擁有許多忠實觀眾。

能成為我的訪問對象，代表今天是您的幸運日喔！

您認為這次話劇公演最精采的是哪個部分呢？

當然是我駕著海盜船趕來的那一刻啦！是不是太巧妙、太感人了，那可能是有史以來最棒的遲到了！

愛咪內心話

明明是本公主在「醜小蛙」裡神來一筆的哭戲吧！

這次話劇公演無論是服裝扮相或演技，您覺得哪個角色最搶眼？

哈囉哈囉！正在直播嗎？身為話劇課指導老師，我必須說，大家的表現都非常棒！

愛咪內心話

我那身堪稱藝術品的特製戲服，有誰能比呀？

許多觀眾好奇，最後吐出的煙霧真的是糖果的形狀嗎？

是糖果也好，說是漂亮的公主您喜歡的蝴蝶結也罷，歡迎大家發揮想像力喔！

愛咪內心話

漂亮的公主……原來，慌張先生只是愛遲到，但他是個非常誠實的人哪！

除了精采的話劇，觀眾朋友們一定都想知道，羅送湯主廚的年度大戲限定套餐的味道如何？合您的口味嗎？

當然，我愛羅送湯主廚的每道創意料理。他是我的好朋友，趁機宣傳一下我們即將合夥開的古怪話劇複合式餐廳。

愛咪內心話

這種高熱量、高糖份的餐點，實在不適合注重身體健康的公主。（其實吃超多）

最後一題，聽說去年的話劇公演您因為臨時去拯救海洋生物而遲到，這次呢？

今天我一大早就駕著海盜船道具出發，沒想到沿途被海盜包圍，他們知道我是老師後，紛紛拿出傳家的藏寶圖，希望我能幫忙解讀。秉持著日行一善、助人為快樂之本的信念，我只好幫他們解開寶藏之謎……一不小心就錯過時間了。

愛咪內心話

看來慌張先生除了當話劇課老師，也很適合當編劇呢。

謝謝慌張先生的分享！

作者簡介

我是賴馬，我是曉妍。在山雨小學裡，我們一個畫故事、一個寫故事。

曉妍作品：《無意良母》和《無意良母貳：我很會養別人家老公》

賴馬和曉妍的共同創作：《愛哭公主》、《勇敢小火車》、《朱瑞福的游泳課》、《賴馬家的 52 週生活週記簿》和【山雨小學】系列

YO! 讀本 —— 09

山雨小學3
慌張先生的驚奇劇場
咖勒比海盜與醜小蛙

作者｜賴曉妍×賴馬
繪圖暨美術設計｜賴馬
手寫字｜賴拓希
圖像協力｜坤龍、俞蜜、曉妍

責任編輯｜蔡忠琦
封面設計｜蕭雅慧
內頁編排｜楊思思
行銷企劃｜高嘉吟

天下雜誌群創辦人｜殷允芃
董事長兼執行長｜何琦瑜
媒體暨產品事業群
總經理｜游玉雪
副總經理｜林彥傑
總編輯｜林欣靜
行銷總監｜林育菁
副總監｜蔡忠琦
版權主任｜何晨瑋、黃微真

國家圖書館出版品預行編目（CIP）資料

山雨小學. 3, 慌張先生的驚奇劇場：咖勒比海盜與醜小蛙 / 賴曉妍, 賴馬作. -- 第一版. -- 臺北市：親子天下股份有限公司, 2024.08
86 面；14.8 x 21公分. -- （山雨小學系列；3）
國語注音 ISBN 978-626-305-999-3（精裝）
863.599　　113009087